Título original: *Rien du tout*
© Éditions Grains de Sel, 2016.
© Texto e ilustraciones de Julien Billaudeau

Esta edición se ha publicado por acuerdo con The Picture Book Agency, París, Francia
Traducción del francés: María Teresa Rivas

Primera edición en castellano para todo el mundo © junio 2017
Tramuntana Editorial – c/ Cuenca, 35 – Sant Feliu de Guíxols (Girona)
www.tramuntanaeditorial.com
ISBN: 978-84-16578-58-0
Depósito legal: GI 262-2017 – Impreso en China

NADA DE NADA

Julien Billaudeau

Tramuntana

Al principio, no había nada.
Nada de nada.

Por supuesto, aquí o allí había algunos árboles.
Pero no era casi nada.

Aquí, había pájaros posados sobre las ramas,
un zorro, algunos conejos…
Casi nada.

Allí, había un estanque, un río y hasta una garza
que de vez en cuando venía a pescar.
Nada más.

En resumidas cuentas, ya había mucho.

Pero para el Señor C, no era suficiente.
Para él, no había nada de nada.

El Señor C decidió que hacía falta un camino sinuoso.
Añadió una casa por aquí, otras dos por allí.
Pero seguía siendo casi nada.

Para hacer espacio, cortó algunos árboles e hizo
una gran calle. Construyó una torre de agua, hizo llegar
la electricidad, puso farolas, y hasta un buzón de cartas.
¡Y aun así, seguía siendo nada!

El Señor C añadió unas viviendas, comercios
y una gasolinera. Hubo que cortar más árboles,
drenar el estanque y desviar el río.
Por ese motivo la garza se fue.

Pero, ¡eso no era todo!

El Señor C construyó inmuebles.
Creó un supermercado, un banco, una oficina de correos,
un hotel-restaurante y una flamante fábrica.
Y, para completarlo, instaló una línea de alta tensión.

¿Acaso era todo?

¡En absoluto!
El Señor C añadió un casino, grandes negocios
y fábricas altas como torres.
Sobre los tejados, instaló antenas de toda clase,
carteles publicitarios y una torre de control.

El Señor C edificó apartamentos, un centro
comercial, una zona de negocios, una estación ferroviaria,
un teleférico, un repetidor de satélites, un restaurante
panorámico, un complejo cinematográfico y
una piscina en lo alto del hotel más grande...

Y, de repente, hubo de todo.
El Señor C había construido una ciudad fantástica,
hecha de ladrillos, de metal y de vidrio.
No había nada más que añadir.

Fue entonces cuando el Señor C divisó un herrerillo
que intentaba hacer su nido en la ciudad.

Como no quedaba espacio en ninguna parte, puso
una ramita en lo alto de un rascacielos.
La antena empezó a oscilar. La cúspide del rascacielos
se balanceó, después el edificio entero se inclinó,
y se inclinó tanto que volcó sobre el de al lado,
que a su vez cayó rodando.
El suelo se puso a temblar y todo se hundió.

Hizo falta un pequeñísimo detalle para que, de nuevo,
no hubiera nada nada de nada.

Un poco conmocionado, el Señor C vio cómo su ciudad
se derrumbaba a sus pies.
Observó al pájaro, y se dio cuenta de que solamente
necesitaba un pequeño nido para vivir.
Supo entonces que no era necesaria una ciudad entera.
Y, acompañado del herrerillo, se marchó un poco más lejos...

Buscaron un lugar dónde construir una casa,
en la que cada uno se sintiera cómodo.
El Señor C comprendió que eso era todo
lo que necesitaba para vivir.
Ni más ni menos.